AF573487

DIANE DE LYS

ET

DE CAMÉLIAS

OU

LA FEMME DU MONDE, LÉGÈRE,

LIÉE A UN HOMME BILIEUX QUI N'ENTEND PAS LA PLAISANTERIE

Grande Parodie en trois petits Tableaux

PAR

MM. DELACOUR ET LAMBERT THIBOUST

REPRÉSENTÉE POUR LA PREMIÈRE FOIS, A PARIS, SUR LE THÉATRE DES VARIÉTÉS, LE 7 DÉCEMBRE 1853.

DISTRIBUTION DE LA PIÈCE.

LE COMTE DE LYS, Redingote longue	MM.	MUTÉE.
POPAUL DE BRIE . . . . . . id.		KOPP.
MILIEN . . . . id.		NANTEUIL.
TAUPIN, pas de redingote		OCTAVE.
DIANE.	Mlles	ALICE OZY.
TITINE		GABRIELLE.

NOTA. — *Il y a un dénouement heureux.*

Personnages dans la salle.

ÉGLANTINE DE SAINT-FRIPOUILLARD.	MM.	LASSAGNE.
COCARDEAU		NESTOR.
UN CHEF D'ORCHESTRE		CHARIER.
UNE CLARINETTE		ÉDOUARD.
UN HAUTBOIS		OLLIF.

Toutes les indications sont prises du spectateur. Les personnages sont inscrits en tête des scènes dans l'ordre qu'ils occupent au théâtre, c'est-à-dire que le premier inscrit tient la gauche du spectateur, et ainsi de suite. — Les changements de position sont indiqués par des renvois au bas des pages.

DIANE DE LYS ET DE CAMÉLIAS.

PROLOGUE.

SCÈNE UNIQUE.

COCARDEAU, UNE CLARINETTE, UN CHEF D'ORCHESTRE, UN HAUTBOIS, EGLANTINE, *dans la salle.*

(*L'orchestre joue une ouverture dramatique et solennelle, puis après quelques mesures, la clarinette de l'orchestre exécute en solo le refrain de la ronde de la* Dame aux Camélias.)

LE CHEF D'ORCHESTRE.

Eh! bien, qu'est-ce que c'est que ça? Monsieur Beaupoil, monsieur Beaupoil!... pourquoi jouez-vous l'air de la *Dame aux Camélias*.

LA CLARINETTE.

Dame!... monsieur, j'ai vu la répétition... et j'ai cru...

LE CHEF D'ORCHESTRE.

Vous serez à l'amende... Allons, recommençons, messieurs, et plus de distrations. (*On joue deux ou trois mesures de l'ouverture, puis le hautbois exécute encore le refrain de la ronde de la* Dame aux Camélias.) Encore!... Monsieur Grosminet! monsieur Grosminet! que jouez-vous là? encore la ronde de la *Dame aux Camélias*.

LE HAUTBOIS.

Dame! monsieur, ça n'est pas ma faute.

LE CHEF D'ORCHESTRE.

Comment! ça n'est pas votre faute?...

LE HAUTBOIS.

C'est nerveux!

LE CHEF D'ORCHESTRE.

C'est indécent, monsieur Grosminet, c'est indécent!

COCARDEAU, *se dressant à une stalle de balcon, à gauche du spectateur.*

Oui, c'est indécent... voila comment on se fiche du public!

LE CHEF D'ORCHESTRE.

Monsieur... on ne se fiche de personne, ici...

COCARDEAU.

Qu'est-ce que vous jouez là? est-ce l'ouverture?

LE CHEF D'ORCHESTRE.

Non... c'est une symphonie pour abréger la longueur de l'entracte.

COCARDEAU.

Nous vous en dispensons... j'aime autant causer avec mes voisins... Nous allons donc la voir cette Diane de Lys dont on a tant parlé... cette peinture si fidèle des femmes du monde... Ah ! c'est qu'il n'y a pas à me tromper, moi ; je les connais les femmes du monde... j'ai dû épouser une femme du monde, moi... une grande dame... elle demeurait rue Guérin-Boisseau... Mon amour l'a tuée... un jour, j'ai trahi mes serments et ma foi.. oui, ma foi... Elle a du se jeter par la fenêtre... Elle me disait souvent « Philoctète, si jamais... »

UNE DAME, *au balcon en face de Cocardeau, à droite du spectateur.*

Philoctète ! ah ! c'est lui !

COCARDEAU.

O ciel !... ce cri !...

LA DAME.

C'est moi, mon Philoctète !... oui... je suis Eglantine de Saint-Fripouillard... la malheureuse femme du monde que tu as tant fait souffrir, gamin !

COCARDEAU.

Eglantine !...

ÉGLANTINE.

Philoctète !...

(*Ils se tendent les bras l'un vers l'autre.*)

COCARDEAU.

C'est toi !... C'est vous !...

ÉGLANTINE.

Ce que c'est que l'hasard !... Je te revois donc, mon gros lapin... Dieu, du ciel ! comme t'es enflé !

COCARDEAU.

Et par quel miracle ?...

ÉGLANTINE.

Après ton abandon ma famille m'a forcée d'épouser le comte de Saint-Fripouillard, un homme très-comme il faut... qui m'a rendue bien malheureuse... Il me négligeait... il me battait, moi, pauvre femme !...

COCARDEAU.

Il vous battait ?

ÉGLANTINE.

Il me flanquait des tripotées !... Ah ! que l'on est malheureuse, quand on est la compagne d'un savoyard !

COCARDEAU.

Et du reste, vous vous êtes toujours bien portée ?

ÉGLANTINE.

Pas mal... et ce soir, je viens au spectacle... Je commençais a en avoir plein le dos des Dames aux Camélias et des Filles de Marbre... Sur tous les théâtres de Paris, on ne voit que ça... Aussi je me disais : mais quand donc qu'on fera une vraie pièce sur les vraies femmes du monde... Enfin, je lus dans mon journal... Tenez, je l'ai sur moi... je vais vous le lire... (*Elle tire un journal de sa poche et lit.*) « Affaires d'Orient... » Ça s'arrange... ça s'arrange... ça n'est pas ça... Ah !... « Mémoires de Bilboquet... » Ça n'est pas ça non plus... Ah ! voilà ! Et notez que l'article est d'un journaliste qui dit toujours la vérité. (*Lisant.*) « On a joué enfin, cette fameuse Diane de Lys, si « impatiemment attendue... cette pièce pleine de la plus haute « moralité, où brille au plus haut point la plus haute littérature, « cette œuvre de la plus haute portée fait les plus hautes « recettes. On y montre un nouveau monde, supérieur à « l'ancien monde, des hommes du monde, des femmes du « monde, bref, tout ce qui se passe dans le monde; ce qui fait « qu'elle attire beaucoup de monde !... » Enfin ! voilà donc une pièce comme je l'entends... une pièce morale... une vraie pièce ! et je suis venue la voir, cette pauvre Diane de Lys... La malheureuse ! encore une qui a épousé un savoyard !... Il y a de la ressemblance entre nous deux !... Dites donc ?...

COCARDEAU.

Plait-il ?

ÉGLANTINE.

Vous me reconduirez après le spectacle ?

COCARDEAU.

Comment donc !

ÉGLANTINE.

J'ai peur dans les rues... les hommes sont si entrepreneurs. Ils vous prennent un baiser, ils vous prennent la taille... (*On frappe les trois coups.*) Ah ! voilà les trois coups...

COCARDEAU.

On va commencer.

ÉGLANTINE.

Tiens, voilà le souffleur qui se fourre dans son trou.

COCARDEAU.

Enfin, nous allons donc voir Diane de Lys !

(*On joue une polka.*)

La toile se lève.

Le théâtre représente un atelier de peintre. — Portes à droite et à gauche, troisième plan. — Fenêtre à gauche, premier plan. — Une armoire à droite, premier plan. — Au fond, au milieu, une cheminée. — A droite de la cheminée, une table avec papier, plumes et encre, et une bouteille, dans le goulot de laquelle est une chandelle, avec un abat-jour. — Au milieu du théâtre, un chevalet, sur lequel est un portrait de femme, une boîte à couleurs. — Une chaise devant le chevalet. — Portraits ridicules.

SCÈNE I.

TAUPIN, *couché tout de son long, sur une banquette à gauche, la tête du côté du public et fumant ;* POPAUL, *assis à la table du fond, et écrivant.*

POPAUL, *se levant.*

La !... je viens d'écrire à la petite Nini... mon amante, maintenant travaillons... (*Il va au chevalet, s'assied, va pour peindre, puis se relève.*) Non, je peux pas... O Nini, ça n'est plus toi que j'aime... j'aime un idéal, un rêve, un mythe, un dalhia bleu, un merle blanc !... Je voudrais être l'amant d'une femme honnête... il est vrai que du moment qu'elle sera ma maîtresse, elle ne sera plus honnête, mais ça ne fait rien.

Air de *la Favorite.*

Un ange, une femme inconnue,
Un' femm' du monde, en un mot,
Toutes les nuits, s'offre à ma vue ;
Je suis toqué des femmes comme il faut,
Voilà c' qu'il me faut ;
Cett' femm', je la préfère
A ma portière,
Qui m' tient lieu d' mère !...
Je l'idole,
J'en raffolle !
J'en perds la boul' chaqu' jour !
Ah !
Viens ! ô femm' du monde,
Femm' du monde !
Viens, toi qu'appell' à la ronde
Mon amour ! (*bis.*)

(*Il se rassied devant son chevalet et travaille.*)

COCARDEAU, *applaudissant.*

Bravo ! bravo !

TAUPIN, *toujours couché.*

Oh ! les Vénus !... Tant'que vous n'avez pas fait une Vénus, on vous dit : faites une Vénus !... et quand vous avez fait une Vénus, on vous dit : votre Vénus n'est pas une Vénus !... Oh ! les Vénus !... (*Il tombe par terre.*)

POPAUL, *travaillant.*

Qu'est-ce que tu chantes ?...

TAUPIN, *se relevant lentement et passant à droite, toujours en fumant.* *

Ah ! que je suis donc fâché d'avoir épousé ma femme de ménage !... j'aurais préféré la fille d'un banquier... je pourrais ne pas travailler... Il est vrai que je ne travaille pas davantage... Et sais-tu pourquoi je ne travaille pas ?... parce que madame Taupin me dit constamment de travailler... si elle ne me disait pas de travailler... je resterais chez moi à ne rien faire... mais comme elle me dit de travailler... je viens chez toi... J'ai raté ma vie... Dieux ! que je suis donc fâché d'avoir épousé ma femme de ménage !

POPAUL.

Pourquoi l'as-tu épousée ?

TAUPIN.

Je ne sais pas... mais j'en suis fâché... aussi maintenant, j'ai toutes les femmes dans le nez.

COCARDEAU.

Ah ! que c'est bien !... Je ne sais pas ce que Lesueur... (*Se reprenant.*) Le sieur Taupin vient faire dans la pièce. . Mais cristi !... il m'intéresse... Bravo ! (*Il applaudit.*)

ÉGLANTINE.

Moi aussi... (*Se mouchant avec fracas.*) J'y vais de ma petite larme...

TAUPIN.

Comment va ta portière ?

POPAUL.

Elle va mieux... pauvre femme, elle me tient lieu de mère... (*Se levant*) Je vais lui écrire. (*A part.*) Oh ! les femmes honnêtes !... les femmes honnêtes ! (*Il s'assied à la table du fond et écrit. — On frappe à la porte de gauche.*)

COCARDEAU.

Entrez !...

SCÈNE II

MILIEN, POPAUL, TAUPIN.

MILIEN, *entrant par la gauche.*

Bonjour, les enfants !... Dis-donc, Popaul, faut que tu me prêtes ton atelier.

POPAUL, *se levant.*

Ah ! pourquoi ?

* Popaul, Taupin.

MILIEN.

J'ai donné rendez-vous chez toi à une femme du monde.

POPAUL, *à part.*

Ciel !

MILIEN.

Une femme mariée, que je n'ai pas vue depuis quatre ans ; mais que j'adore !... Elle doit venir à quatre heures.

POPAUL.

Et il est quatre heures moins quatre... Filons !

TOUS.

Filons !

ENSEMBLE.

Air :

Sortons de cet asile,
Filons tous au plus tôt.
Oh !
Puisqu'en ce domicile
Vient un' femm' comme il faut !

(*Ils sortent, Popaul et Taupin par la droite, Milien par la gauche*).

COCARDEAU.

Comme c'est bien écrit tout ça... voilà ce que j'appelle une jolie exposition ! Quel esprit ils ont ces animaux d'auteurs !... seulement, je suis bien sûr d'une chose... c'est que cette dame ne viendra pas... Je connais les femmes du monde, moi... elles ne vont pas comme ça dans les ateliers. (*Quatre heures sonnent, la porte à gauche s'ouvre mystérieusement*).

SCÈNE III.

TITINE, DIANE.

DIANE, *entrant la première.*

Personne !... (*A Titine que l'on ne voit pas*). Tu peux entrer. (*Titine entre*).

COCARDEAU.

Comment !... elle y vient !... Elles sont même très-bien, ces femmes-là !

EGLANTINE.

Philoctete, je vous défends de les lorgner !

TITINE.

Ah ! que tu es donc imprudente !... venir à un rendez-vous donné par un homme que tu connais à peine, chez un homme que tu ne connais pas du tout !

DIANE.

Que veux-tu ? je suis un peu folle, un peu originale, un peu fêlée. Nous autres femmes du monde nous n'avons aucune distraction... En voici une qui se présente, je la pince... tant pire na ! *(Elle remonte et passe à gauche.)* * Que vois-je !... des portraits ! des tableaux où se révèle le génie... Sapristi ! serions-nous chez Couture. Oh ! ma biche ! que c'est amusant... *(passant à droite.)* Fouillons, fouillons partout, dans les tiroirs, dans les tables. ** *(Elle ouvre l'armoire à droite, jette sur la scène tout ce qu'elle trouve, des robes, des chapeaux, des gants, des socques, un parapluie, un bonnet à poil, un habit de garde national, etc. ; trouvant de la galette.)* Tiens ! de la galette !...

TITINE.

Tu vas la manger ?

DIANE.

Pourquoi pas ? *(Elle mange.)*

COCARDEAU.

Oh ! c'est un peu fort !

ÉGLANTINE.

Je comprends ça, si elle a faim... Moi, d'abord, quand j'ai faim je mangerais du macadam !

COCARDEAU.

Si elle emportait une paire de gants, je ne dirais rien... parce qu'une femme du monde qui prend les gants d'une grisette, ça se fait... mais de la galette... enfin !...

DIANE, *qui a été à la table du fond.*

Tiens !... une lettre ! *(Elle la prend.)*

TITINE.

Tu vas la lire ?

DIANE, *parcourant la lettre.*

Avec ça que je vais me gêner... Ah ! il s'appelle Popaul... et il écrit à sa portière... qui l'aime comme une mère. Pauvre jeune homme !... il est pauvre... *(Désignant le tableau qui est sur le chevalet.)* Je lui achèterai ce tableau quarante sous.

ÉGLANTINE.

A la bonne heure... elle encourage les arts !

DIANE, *retournant à la table et prenant une autre lettre.*

Une autre lettre !... *(Lisant.)* « Ma chère Nini, j'ai touché de » la braise. Sois à six heures chez Vachette... avec une toi- » lette rup... nous béquillerons ensemble... » *(A part.)* Il l'aime !... *(Avec poésie.)* Oh ! c'est ainsi que je voudrais être aimée ! *(Elle baise la lettre.)*

* Diane, Titine.
** Titine, Diane.

SCENE III

TITINE.

Diane, je veux te sauver de toi-même. N'oublie pas tes devoirs... tu as un mari.

DIANE.

Mon mari!... un joli coco! (*Elle va remettre la lettre sur la table.*)

ÉGLANTINE.

Ils sont tous comme ça... Gredins d'hommes, va!

DIANE.

Ah! nous autres, femmes du monde, nous sommes bien à plaindre! Mon mari, un glacier de Saint-Ouen, m'a epousée parce que ma famille avait le sac... Et le lendemain de la noce il m'a lâché d'un cran!... Ah! Titine, je suis bien malheureuse, je suis bien malheureuse!... (*Elle pleure dans les bras de Titine.*)

COCARDEAU.

Bravo! bravo!

TITINE.

Console-toi!

DIANE.

Oh! toi, tu es heureuse... tu aimes ton mari!

TITINE, *vivement.*

Mon mari?...

DIANE.

Un mari qu'on ne voit jamais!

TITINE, *à part.*

Oh! cachons-lui que j'aime en secret Grassot du *Palais Royal.* (*Elle remonte et passe à droite.*)

COCARDEAU.

Oh! que c'est bien ça les femmes du monde!

ÉGLANTINE.

Je me reconnais.

DIANE.*

Oh! parfois, il me prend de folles envies de m'habiller en homme, et de monter au Dîner de Paris pour mes trois francs vingt-cinq... le monde est là qui nous dit: « Femmes du » monde, gare les cancans! Femmes du monde, vous n'avez » pas le droit de faire la noce! »

RÉCITATIF.

Quand on est femm' du mond', ça n'est pas amusant.
On n'est pas tous les jours... Ô public, jugez-en!

* Diane, Titine.

Air du *roi Dagobert.*

Au coin du feu, le soir,
Vous pleurez dans votre mouchoir ;
Ce mari qu'on rêvait,
S'en va comm' si l' diabl' l'emportait,
Et vous n'avez rien
Que vot' chat, vot' chien...
Seule et sans soutien,
Vous dit's : Nom d'un chien !
Ce mari-là, vraiment,
Me procur' bien peu d'agrément !

Air : *Bachanal.* (ARTUS.)

Pendant c' temps, chez Bonvalet,
Monsieur fait des siennes.
Il demand' plusieurs douzaines
Dans un cabinet ;
Il demand' du homard
Et des vins d'Espagne...
Et bientôt le champagne
Rend chacun pochard...
On se bouscule, on se grise,
C'est à qui dit l' plus d' bêtise !
Crac !
Quel guignon !
Quel affront !
Quelle infâme trahison !
Avec notre dot, on
Paiera l'addition !

Air : *Il pleut, bergère.*

TITINE.

Console-toi, ma chère,
Le beau temps reviendra ;
A ton mari, j'espère,
Ton cœur pardonnera.

DIANE.

On vieillit, chère amie,
Et je veux en ce jour,
Puisque l'on me marie,
Savoir c' que c'est qu' l'amour !

Air de *J. Nargeot.*

L'amour, quéq' c'est qu' ça,
Titine *
L'amour, quéqu' c'est qu' ça ?
Quel est ce doux sentiment là ?
L'ignorer me chagrine.
Réponds-moi, Titine,
L'amour quéq' c'est q' ça ? *(Passant à droite.)*

* Titine, Diane.

Air du *Carillon*.

Mon mari n'est qu'un lâche !
Eh bien ! puisqu'il me lâche,
Assez pleurer, souffrir...
Et ne songeons qu'au plaisir
Au plaisir ! (*ter.*)

Air d'Ad. Adam.

Ah ! qu'il fait donc bon (*bis*) faire la noce,
Chez monsieur Deflieux,
Quand on est deux ! (*bis*
Mais quand est trois,
Et qu'on veut s' flanquer une bosse,
Mais quand on est trois,
Le mari, c'est trop d'un, je crois,
Ah ! qu'il fait donc bon faire la noce,
Chez monsieur Deflieux,
Quand on est deux ! (*bis*)
Ah ! } *bis ensemble.*

COCARDEAU, *applaudissant.*

Bravo !... on voit que cette femme-là a de bons sentiments !

EGLANTINE.

Elle est un peu légère, quoique ça.

DIANE.

Ah ! que mon corset me gêne.

TITINE.

Retire ta baleine.

DIANE.

Ma foi, oui. (*Elle retire la baleine qu'elle pose sur un rayon de l'armoire. — On entend éternuer au dehors.*)

TITINE.

Oh ! quelqu'un !... cachons-nous ... (*Elle va se mettre derrière un tableau au fond, à droite ; on lui voit la tête tout entière.*)

SCÈNE IV.

MILIEN, DIANE, TITINE, *puis* POPAUL.

MILIEN, *entrant par la gauche.*

Enfin, ma chère Diane... je vous revois et je puis vous dire : Je t'aime !...

DIANE.

C'est pour ça que vous me faites venir ?... Mon cher, je suis une femme du monde, et je ne vous connais pas.

* Titine, Diane.

MILIEN.

Diane !

DIANE.

Pas mèche !... Viens, Titine... où est-elle donc ?... Ah ! qu'elle est bien cachée ! Titine !...

TITINE.

Coucou !

DIANE.

Ah ! la voilà !... viens, mon loulou.

MILIEN, *avec prière, à Diane.*

Soyez bonne enfant !

DIANE, *d'un ton digne.*

Ah !... des navets !... (*Elle sort par la gauche, suivie de Titine et de Milien.*)

POPAUL, *entrant vivement par la droite.*

Elle a filé, ô mon Dieu !... faites qu'elle ait oublié la baleine de son corset ! (*Il la voit.*) La voici. (*Il la prend.*) Oh ! je la retrouverai !... je la retrouverai ! (*Il sort par la gauche. — Un rideau de manœuvre tombe, l'orchestre joue : Bon Voyage monsieur Dumollet.*)

COCARDEAU.

C'est sublime !... Oh ! comme c'est bien ça les femmes du monde !

ÉGLANTINE.

Je me reconnais... pas vrai, Philoctète ?... J'étais un peu folle ; mais j'avais du cœur... Ah ! Fripouillard n'a pas su me comprendre !...

COCARDEAU.

Que va-t-il arriver maintenant ?

ÉGLANTINE, *riant.*

Ah ! si je le sais, je veux bien être pendue !

COCARDEAU.

Moi, je m'en doute... le peintre va aller chez la dame qui a perdu sa baleine... il la lui fera voir... or, quand on fait voir la baleine à une femme, elle est bien près de vous aimer !

ÉGLANTINE.

Taisez-vous, galopin !...

(*On frappe les trois coups. — Après quelques mesures d'ouverture, le rideau se lève et laisse voir le même décor : seulement les meubles sont changés de place. — L'armoire est au fond, à droite. — La table au milieu. — Une pendule et deux flambeaux sont sur la cheminée. — Le chevalet avec son tableau est sur le devant à droite. — A côté du chevalet, une chaise, devant laquelle est une chaufferette. — Les autres tableaux ont disparu. — Au mur du fond est un grand tableau sur lequel on lit en gros caractères :* LE THÉATRE REPRÉSENTE UN SALON MAGNIFIQUEMENT MEUBLÉ. S. V. P.

SCÈNE V.

CHEZ DIANE.

DIANE, puis MILIEN et POPAUL.

DIANE, *entrant par la droite.*

Est-ce que les calorifères de l'hôtel ne sont pas allumés!... (*Voyant la chauffrette.*) Ah! si!... (*Elle vient s'asseoir sur la chaise à droite, et met ses pieds sur la chauffrette. — Montrant le tableau qui est sur le chevalet.*) J'ai envoyé quarante sous à ce jeune homme... et ce chef-d'œuvre est ma propriété!... Pauvre jeune homme!... il est beau, il a du talent... et je sens que je l'aime en secret.

MILIEN, *entrant par la gauche.*

Mais entre donc!... (*Popaul entre à sa suite.*) Ma cousine, je vous présente mon ami Popaul.

DIANE, *à part, se levant.**

Lui!

POPAUL, *à part.*

Elle, peut-être!

MILIEN.

Maintenant je pars... (*Bas à Diane.*) Dites donc, prenez garde à vous... il est très-dangereux... (*Haut.*) Je vous laisse... je vais voir l'hippopotame. (*Il sort par la gauche.*)

DIANE, *à Milien, qui sort.*

Bien du plaisir!

POPAUL, *s'approchant de Diane.*

Madame...

DIANE, *baissant les yeux.*

Monsieur!...

POPAUL, *à part.*

Qu'elle est belle, cette femme! (*Haut.*) Je vous suis inconnu.

DIANE.

Mais non, je vous connais, moi... Je sais combien vous aimez votre portière.

POPAUL, *avec soupçon.*

Comment le savez-vous? Je ne l'ai dit à personne, pas même à mon portier.

DIANE, *à part.*

Fichtre! pincée!

POPAUL.

Votre corset vous gêne-t-il, madame?..

DIANE.

Monsieur... je ne comprends pas... (*Elle passe à gauche.*)

* [illegible]

COCARDEAU.

Nous arrivons à la baleine... J'en étais sûr !

EGLANTINE.

Pauvre femme !... Elle se mouche pour se donner une contenance.

POPAUL, *tirant la baleine de dessous son gilet.* *

Voilà une baleine dont vous connaissez la source, madame.

DIANE, *à part.*

Ciel !... nom d'un chien !

COCARDEAU.

Bravo !... Bravo !... comme c'est nature... partout où elles vont les femmes oublient quelque chose.

EGLANTINE.

Ce matin, j'ai oublié mon parapluie chez la fruitière... Parole d'honneur !

POPAUL, *donnant un petit coup sur la joue de Diane.*

Ah ! ma gaillarde, c'est comme ça que ça se joue ?... Vous avez un coup de soleil pour Milien !

DIANE.

Non, je vous le jure.

POPAUL, *avec dignité.*

Madame, vous m'avez envoyé quarante sous, les voici. (*Il pose de la monnaie sur la table.*)

DIANE, *comptant l'argent.*

Il n'y en a que trente-quatre.

POPAUL.

Pour vous les rapporter, j'ai pris l'omnibus.

DIANE.

Monsieur, il y a une grande sympathie entre nous, car j'aime mon portier, autant que vous aimez votre portière... mais la fatalité me taquine; les roses de mon existence se sont fanées dans mon cœur... La vie... Oh! je n'aime plus la vie.

POPAUL.

Pourquoi ça ?

DIANE, *avec mélancolie.*

Mon mari me néglige...

POPAUL.

Quoi ! il ne vous a jamais menée à Asnières?

DIANE.

Jamais !

POPAUL.

Le lâche !... Il ne vous a jamais conduite chez Mabille ?

* Diane, Popaul.

DIANE.

Jamais !

POPAUL.

L'infâme ! pauvre femme !... Eh bien, je vous y conduirai, moi...

DIANE.

Ça me va...

POPAUL, *la fixant.*

Mais, vous m'aimerez ? (*Il veut lui prendre la taille, elle passe à droite.*)

DIANE. *

Moi !... (*A part.*) Il a l'œil américain !... méfions-nous. (*Haut.*) Faire de la fantaisie avec vous !... Oh !... (*Changeant de ton.*) Ça me va...

POPAUL.

Nous irons à Mabille.

DIANE.

Y a-t-il des sergents de ville ?

POPAUL.

Oui.

DIANE.

Tant pis !... mais c'est égal !... Oh ! le plaisir !... la vie !... Mabille !...

POPAUL.

Il y a grande fête ce soir.

DIANE.

Allons-y...

Air de *la Corde sensible.*

Tous les deux, allons à Mabille ;
Tous deux renaissons au plaisir.
Dans ce jardin il est facile
De le cueillir. (*bis.*)

ENSEMBLE.

Tous les deux, allons à Mabille, etc.

(*Ils galopent en remontant de droite à gauche. — Bruit de voitures au dehors. — Ils s'arrêtent.*)

POPAUL.

Un fiacre qui s'arrête...

DIANE.

As pas peur !... c'est mon mari !

POPAUL, *passant à droite.*

Mais nous sommes perdus !... il va monter.

* Popaul, Diane

DIANE. *

Mon mari !... jamais... il prend son rat chez le portier... et il rentre chez lui... tenez, écoutez...

(*Popaul et Diane prêtent l'oreille. — On entend un bruit de pas pesants.*)

ÉGLANTINE.

Comme c'est bien imité !... Il monte l'escalier... (*On entend dégringoler.*)

COCARDEAU.

Il monte toujours... (*On entend un bruit de chaînes.*) Il met sa clé dans la serrure. (*On entend frapper du pied.*) Il s'impatiente... il s'est trompé de clé... (*On entend le bruit d'un coup de pied dans une porte qui se brise avec éclat.*)

DIANE.

Il est rentré !

(*On entend le cor de chasse.*)

POPAUL.

Il joue du cor de chasse ?...

DIANE.

Tous les soirs... pour s'endormir...

COCARDEAU.

Comme moi... pour m'endormir...

ÉGLANTINE.

Vous jouez du cor de chasse ?

COCARDEAU.

Non... je lis le journal.

POPAUL, *effrayé.*

Mais le danger plane sur nos têtes !...

DIANE, *s'asseyant sur la banquette à gauche.*

C'est le moment de causer bien tranquillement.

POPAUL, *s'asseyant à côté d'elle.*

Vous m'aimez donc ?

DIANE.

Oh ! oui... Je rêvais un jeune homme comme toi... tu es beau et tu as l'air d'un bon enfant !

POPAUL, *se levant.*

Je vais changer de toilette, et je reviens... Adieu, Diane.

DIANE, *de même.*

Adieu, mon Bibi... ne fais pas de bruit dans les escaliers.

* Diane, Popaul.

POPAUL, *remontant à gauche.*

Non... à lieu !... * Quelle est belle, cette femme !

DIANE.

Qu'il est beau, cet homme !

(*Popaul, sort par la gauche.*)

COCARDEAU.

Et le comte qui dort pendant que sa femme... Comme c'est ça les femmes !... comme c'est ça.

EGLANTINE.

C'est palpitant !... d'honneur, je palpite !...

SCENE VI.

DIANE, puis LE COMTE.

DIANE, *seule.*

Ah ! je suis heureuse !... Ma conduite est peut-être un peu légère, mais, ma foi, tant pis... je vas me coucher... (*Elle ouvre la porte à droite, et se trouve en face de son mari, qui entre. — Jetant un cri.*) Ah !...

COCARDEAU.

Cristi !... c'est comme à la Gaîté !... On dirait monsieur Surville. .

EGLANTINE.

Par où diable est-il venu, celui-là ?...

LE COMTE, *nature froide.* **

Je vous dérange, comtesse... Je n'ai qu'un mot à vous dire... Je viens de recevoir une loge pour le théâtre de la Porte-Saint-Martin... je vais revoir les *Sept Merveilles du Monde.*

DIANE.

Amusez-vous bien.

LE COMTE.

Amusons-nous, voulez-vous dire...

DIANE.

Comment ?

LE COMTE.

Je vous emmène.

DIANE, *avec effroi.*

Monsieur, moi j'ai déjà vu les *Sept Merveilles du Monde.*

LE COMTE.

Vous les reverrez.

* Popaul, Diane.
** Diane, le comte.

DIANE.

Monsieur... c'est une infâmie !... Déjà vous m'avez fait voir *Gusman le brave*, à l'Odéon !

LE COMTE, *avec un ricanement.*

Oui, madame.

DIANE.

Déjà vous m'avez forcée d'aller à la Gaîté, voir *Georges et Marie !*

LE COMTE.

Oui, madame.

DIANE.

Et maintenant vous voulez que j'aille revoir les *Sept Merveilles du Monde.*

ÉGLANTINE.

Oh ! la pauvre femme ! la pauvre femme !

DIANE.

Je me révolte à la fin !... Tuez-moi... mais je n'irai pas, monsieur !... je n'irai pas !...

LE COMTE.

Madame, la femme doit suivre partout son mari... et pour vous contraindre, j'emploierai tous les moyens que la loi met en mon pouvoir... J'irai chercher quatre hommes et un caporal.

DIANE.

Oh ! c'est affreux, cela...

COCARDEAU.

Quel supplice !...

ÉGLANTINE

C'est déchirant ! c'est déchirant !

LE COMTE.

Vous ne répondez pas... je cours au corps de garde...

DIANE, *se précipitant vers la fenêtre*

Un pas de plus et j'appelle mon homme !...

LE COMTE.

Appelez qui vous voudrez, madame... (*Se ravisant et prenant le menton de Diane, qu'il ramène au milieu.*) Ou plutôt non... je ne vous avais jamais regardée... vous avez un petit air drôlichon... Si vous voulez, nous ne sortirons pas... car, savez-vous ce que dira le monde, si nous allons encore à la Porte-Saint-Martin... il dira : « Mais ces gens-là se crétinisent... « Mais cette femme est amoureuse de monsieur Pérès. »

DIANE, *avec horreur.*

Oh !...

LE COMTE.

« Pas possible autrement... » Si vous le voulez... je vais faire monter du cidre et des marrons... Ah ! je suis gentil !

DIANE.

Pourquoi, jusqu'à ce jour, ne m'en avez-vous jamais proposé ?

LE COMTE.

Du cidre ?

DIANE.

Oui.

LE COMTE.

J'aurais craint de vous indisposer... contre moi... Vous acceptez ?...

DIANE.

Je refuse !... j'aime mieux la Porte-Saint-Martin !

LE COMTE.

Bien, madame !

DIANE.

Mais je proteste, monsieur, contre cette littérature.

LE COMTE.

Habillez-vous, madame... je vous laisse... Ah ! ah ! ah !... ma vengeance commence.

DIANE.

Monsieur, par grâce !...

LE COMTE.

Silence !...

Air de *Ton, ton, tontaine, ton, ton.*

Ne m'échauffez plus les oreilles ..
Mettez votre robe en satin !
Tin, tin, tin, tin,
Tin, taine, tin, tin,
Pour aller voir les *Sept Merveilles*
Qu'on joue à la Porte-Saint-Martin,
Tin, tin, tin, taine, tin, tin.

(*Il sort par la droite.*)

SCÈNE VII.

DIANE, puis TITINE, puis POPAUL.

ÉGLANTINE.

Pauvre femme !... (*Se mouchant avec fracas.*) J'y vas encore de ma petite larme.

COCARDEAU, *voyant Diane qui se tord les mains avec désespoir.*

Comme elle souffre !... Au théâtre, quand une femme a l'air de se laver les mains, ça veut dire qu'elle souffre beaucoup.

DIANE.

Polisson !... et j'irais !... non... je n'irai pas. . fuyons !... faisons mes malles... filons... ne pas oublier l'argenterie. (*Elle va à l'armoire, prend un grand cabas, puis des couverts et des plats d'argent qu'elle met dedans; elle y met encore la pendule et les flambeaux, elle fait tout ce manège sur la table. — Ensuite elle prend la chaufferette qu'elle pose à côté du cabas, et met sur sa tête un capuchon de voyage qu'elle tire de l'armoire. — Pendant ce jeu de scène, l'orchestre exécute l'air des* Filles de Marbre : LES PIÈCES D'OR.)

TITINE, *paraissant sur la gauche.**

Diane !

DIANE.

Que veux-tu ?

TITINE.

Te dire... que Popaul a su la violence que l'on voulait te faire... et il est près de toi...

DIANE.

Qu'il vienne !...

TITINE.

Le voilà ! (*Popaul entre par la gauche.*)

POPAUL.

Diane !

DIANE, *allant à lui.**

Popaul ! ... (*Elle se précipite dans ses bras.*)

POPAUL.

Venez avec moi... fuyons la France...

DIANE.

J'accepte.

POPAUL.

Tu sais que je n'ai pas le sou.

DIANE.

Ah ! c'est embêtant ça !... (*Montrant le cabas.*) mais je me suis nantie de biblots !... (*Popaul remonte derrière la table.*) Ma conduite est peut-être un peu légère... mais bast !...

TOUS DEUX.

Filons !

DIANE.

Venez, venez !... (*Ils font un mouvement pour sortir, le Comte paraît à la porte de gauche; tous reculent. — Musique.*)

* Titine, Diane.

* Popaul, Diane, Titine.

SCÈNE VIII.

LES MÊMES, LE COMTE.

LE COMTE.*

Arrêtez !...

TOUS.

Ciel !...

LE COMTE, *allant mettre la main sur le cabas.* **

Un instant, mes gaillards !... ah ! c'est comme ça que l'on veut rire avec papa !

Air : ***Ran tan plan tire lire.***

Je vais vous percer le flanc...
V'li ! v'lan !

TOUS.

Rente en plan !
Tire lire en plan !

LE COMTE.

Je vais vous percer le flanc
De la belle manière !

COCARDEAU.

Calmez-vous, mon p'tit père,

EGLANTINE.

Quittez cet air colère.

TOUS.

Il va nous percer le flanc,
V'li ! v'lan !
Rente en plan !
Tirelire en plan !
Il va nous percer le flanc !
Ah ! la vilaine affaire !

(*La musique continue à l'orchestre.*)

LE COMTE.

C'est votre amant, madame !

DIANE.

Monsieur !...

LE COMTE.

Je ne vous en fais pas mon compliment !... (*Allant à Popaul.*) Monsieur... pour une fois, je ne dis rien... mais si je vous retrouve... couic !... je vous fais passer le goût du pain !... Madame votre bras... (*Il lui met sur les épaules un petit collet de toile*

* Le comte, Popaul, Diane, Titine

** Popaul, le Comte, Diane, Titine

cirée qu'il prend sur la table.) Les Sept-Merveilles nous réclament !... (*Il entraîne vers la gauche Diane, qui jette des regards amoureux sur Popaul, qui passe à droite, en ne la perdant pas des yeux; puis arrive près de la porte à gauche, il dit avec force.*) Vous avalerez les vingt tableaux ! (*Il sort par la gauche avec Diane, Titine les suit.*)

POPAUL, *resté seul.*

A nous deux, farouche glacier ! (*Il sort aussi par la gauche. — Le rideau tombe.*)

ÉGLANTINE.

Ah ! que c'est donc joli !

COCARDEAU, *triomphant.*

Comme c'est ça, les femmes !... pourtant, elle est un peu légère.. Qu'elle n'aime pas son mari, je comprends ça... qu'elle aille chez Mabille... je comprends ça... mais qu'elle veuille planter-là son mari... bigre !... c'est salé !... (*Au monsieur placé à côté de lui.*) N'est-ce pas monsieur, que c'est salé ?

ÉGLANTINE.

Ah ! Philoctète... tu ne connais pas le cœur des femmes.

COCARDEAU.

C'est bien joué par exemple... le jeune premier surtout... il paraît qu'il est engagé aux Français pour remplacer mademoiselle Mars.

(*On frappe les trois coups. — L'orchestre joue quelques mesures. — Le rideau se lève et l'on revoit l'atelier tel qu'il était à la première scène — Deux épées sont accrochées à gauche. — Au mur du fond est pendu un grand tableau sur lequel on lit :* LE THÉATRE RE-REPRÉSENTE UN ATELIER. — NOTA BENE : ON VA REVOIR TAUPIN.)

SCÈNE IX.

POPAUL, puis TAUPIN, puis MILIEN.

POPAUL, *entrant par la droite.*

Oh ! les femmes ! les femmes !...

ÉGLANTINE.

Il a l'air vexé.

TAUPIN, *entrant par la gauche.**

Eh bien !... et ta grande dame ?

COCARDEAU.

Ah ! le voilà... le voilà !... (*A Taupin.*) Monsieur Taupin... je ne vous cacherai pas que nous commencions à être inquiets sur votre compte... ne vous ayant pas vu depuis le premier acte...

* Taupin, Popaul.

EGLANTINE.

Et vous vous êtes toujours bien porté ?

TAUPIN, *s'approchant de la rampe.*

Pas mal... merci !

COCARDEAU.

Vous pouvez continuer.

TAUPIN.

Je reprends... (*Il remonte et refait son entrée.*) Eh ! bien, et ta grande dame ?

POPAUL.

Partie... envolée... disparue !... Ah ! mon ami, je la gobais cette femme-là !

TAUPIN.

Moi, mon cher, ma femme de ménage m'a trompé.

POPAUL.

Bah !

TAUPIN.

Je l'ai surprise en fiacre avec un rédacteur du *Mousquetaire*. Elle m'a dit qu'elle l'avait rencontré là par hasard.

POPAUL.

Pauvre ami.

MILIEN, *entrant par la gauche et venant au milieu.**

Eh ! bien, qu'est-ce que ça veux dire?... de la tristesse... Allons donc... Diane t'a oublié, mon cher... oublie-la.

POPAUL.

Impossible !

MILIEN, *lui donnant une lettre.*

Connais-tu son écriture?... Lis cette lettre qu'elle a écrite à la petite baronne.

POPAUL.

Oui, ces pattes de mouche sont les pattes de la perfide ! (*Il lit.*) « Ma chère baronne, décidément ce Popaul est bête comme « une oie. J'étais toquée ; maintenant, je r'aime mon mari... « j'ai découvert en lui des qualités sérieuses, que sa modestie « m'avait cachées jusqu'à ce jour... Désormais plus de bisse- « bille dans mon ménage... Bien des choses à votre homme. »

« DIANE DE LYS.

Oh ! l'ingrate !

MILIEN.

Allons, du courage !

POPAUL, *le repoussant.*

Laissez-moi, mes amis... je veux être seul pour me livrer à ma douleur.

(*Taupin et Milien sortent par la droite, sur l'air :* Allez-vous-en, gens de la noce, *que joue l'orchestre.*)

* Taupin, Milien, Popaul.

POPAUL, *seul.*

Je suis seul... je puis me livrer à ma douleur. (*Poussant des sanglots bruyants.*) Ah! ah! ah!

COCARDEAU.

Mon Dieu! comme cet homme pleure bien!

ÉGLANDINE.

Il va se faire mal... il se fourre les doigts dans les yeux!

POPAUL.

Est-on serin de se laisser pincer comme ça!...

SCÈNE X.

DIANE, POPAUL.

DIANE, *entrant par la gauche.*

C'est lui!

(*Musique à l'orchestre.*)

POPAUL.

C'est elle!... c'est vous?

DIANE.

Oui, mon rat-rat.

POPAUL, *lui montrant la lettre.*

Reconnaissez-vous cette écriture?

DIANE.

Malheureux!... tu as cru... mais mon mari m'a forcée... il me menaçait de me mener à l'Ambigu, voir la *Prière des Naufragés,* ou *le Glaçon protecteur.*

POPAUL.

Grands Dieux!

DIANE.

Je ne pensais pas un mot de ce que j'écrivais... car je t'aime... je t'aime!...

POPAUL.

Oh! mais le bonheur veut donc renaître pour nous... (*Il s'asied à droite.*)

DIANE, *s'asseyant à ses pieds sur un escabeau.*

Oui, oui, mon Popaul... Loin des bruits du monde nous irons vivre, toi, moi, et ta portière; veux-tu?

POPAUL.

Non, ce n'est pas assez loin; allons en Orient.

DIANE.

Oui, c'est ça... quand les affaires seront arrangées... nous vivrons dans le luxe; nous aurons de fidèles esclaves qui me caresseront avec des plumes de colibri... Viens! oh! viens...

Que nous fait le monde!... le monde! je m'en fiche pas mal!... Dans le naufrage de ma vie, tu es la ceinture de sauvetage de mon cœur, tu es le radeau qui porte mes illusions!... et les illusions, mon Bibi, ce sont les bretelles qui soutiennent le pantalon de l'existence.. (*Elle tombe dans ses bras.*)

POPAUL.

Tu m'aimes...

DIANE.

Et je te retrouve! (*Bruit dans la serrure de gauche. — Se levant.*) Ciel!

POPAUL, *de même.*

Quoi donc?

DIANE.

On farfouille dans la serrure!...

POPAUL.

C'est, ma foi! vrai!

DIANE.

C'est mon mari! je le reconnais!...

POPAUL.

Que faire?... Ah! veux-tu le dénouement d'*Antony*... je vais te tuer... et je dirai a cette homme qui farfouille: « Elle me résistait, je l'ai assassinée! »

DIANE.

Ah! non, ah! non!

POPAUL, *passant à gauche.*

Eh! bien, que le sort décide. (*Il prend les deux épées.*)

(*Entre par la gauche le Comte armé jusques aux dents.*)

SCÈNE XI.

LE COMTE, POPAUL, DIANE, puis TITINE, MILIEN et TAUPIN.

DIANE, *poussant un cri.*

Ah! ah!

(*Musique en trémolo.*)

EGLANTINE, *avec un cri.*

Ah!... Ils vont se crever un œil!...

COCARDEAU.

Ciel!... quel dénouement va-t-il y avoir? Sera-ce le mari qui tuera l'amant, ou la femme qui tuera le mari, ou l'amant qui tuera la femme?...

(Air *en sourdine de la* Dame aux Camélias.)

DIANE, *passant entre Popaul et le Comte.*

Rien de tout cela... Arrêtez, messieurs, je ne suis pas ce que vous croyez...

(*Taupin et Milien sont entrés par la droite; Titine par la gauche.*)

TOUS.*

Que dit-elle?

DIANE.

La vérité... Mais qui suis-je donc!... ce que je me rappelle, c'est un passé plein de fleurs sans parfums, de fils de famille avec des favoris-côtelettes; puis un théâtre où l'on me faisait mourir tous les soirs au cinquième acte... Mais le Gymnase me ressuscite, je suis... je suis la Dame aux Camélias!...

COCARDEAU.

Mais c'est une infamie!

ÉGLANTINE.

C'est une horreur!

COCARDEAU.

Nous avons payé pour voir des femmes du monde... Il nous faut des femmes du monde, nom d'un petit bonhomme!

DIANE, *souriant.*

Oh! les femmes du monde... je ne leur ressemble guère.

COCARDEAU.

Mais vous êtes Diane de Lys?

DIANE.

Oui, monsieur.

COCARDEAU.

Et vous n'êtes pas une femme honnête.

DIANE.

Dame! jugez-en.

Air : *En vérité, je vous le dis.*

Diane de Lys, des Camélias
Est parente, la chose est claire,
Chacune d'elles est légère...
Diane, femme honnête? non pas!
Quand son époux ailleurs s'envole
Diane se console en le trompant...
La femme honnête se console
Près du berceau de son enfant.

COCARDEAU, *se levant.*

C'est une infamie!... voila encore les Dames aux Camélias revenues... on ne peut donc pas s'en débarrasser de ces femmes-la? (*Il sort dans la plus grande colère.*)

* Milien, Titine, le Comte, Diane, Popaul, Taupin.

ÉGLANTINE, *se levant.*

Eh ben ! il s'en va sans moi... Oh ! les gredins d'hommes ! (*Criant.*) Philoctète... Philoctète... (*Elle disparaît.*)

DIANE.

Ma vraie patrie à moi, c'est Mabille !... ma vie, c'est la gaité, le plaisir, les chansons !...

COEUR FINAL.

Air *Lariflα.*

Mes amis, rions
Et parodions ! } *bis.*
Vivent les chansons !

DIANE, *au public.*

La parodie eut jadis
Des amis sincères
Applaudissez en bon fils
Ce qu'aimaient vos pères.

CHOEUR. — REPRISE.

Mes amis, rions, etc.

Fin.

Clermont (Oise). — Imp. A. Daix

www.ingramcontent.com/pod-product-compliance
Lightning Source LLC
LaVergne TN
LVHW050507160826
845677LV00003B/990